Analyse de l'œuvre

Par Laure De Caevel et Lucile Lhoste

Oscar et la Dame rose

d'Éric-Emmanuel Schmitt

Rendez-vous sur lepetitlitteraire.fr et découvrez :

Plus de 1200 analyses
Claires et synthétiques
Téléchargeables en 30 secondes
À imprimer chez soi

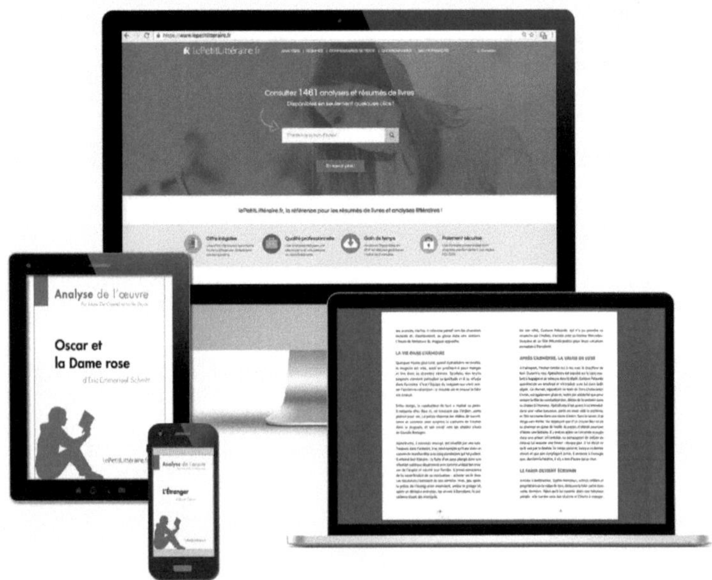

ÉRIC-EMMANUEL SCHMITT

ÉCRIVAIN FRANCO-BELGE

- **Né en 1960 à Sainte-Foy-lès-Lyon (France)**
- **Quelques-unes de ses œuvres :**
  - *La Part de l'autre* (2001), roman
  - *Ulysse from Bagdad* (2008), roman
  - *La Femme au miroir* (2011), roman

Né en 1960, Éric-Emmanuel Schmitt, agrégé de philosophie, est l'un des auteurs français les plus lus dans le monde. Il vit à Bruxelles et a débuté sa carrière d'écrivain au théâtre avec *La Nuit de Valognes* (1991), une variation sur le mythe de Don Juan, et *Le Visiteur*, pièce dans laquelle Freud (médecin autrichien, 1856-1939) reçoit la visite d'un homme énigmatique qui prétend être Dieu. Tout en continuant à écrire pour le théâtre, Schmitt compose aussi des romans (*La Part de l'autre*, 2001), des nouvelles (*Odette Toulemonde et autres histoires*, 2006) et même une autofiction (*Ma vie avec Mozart*, 2005). Récemment, il s'est mis derrière la caméra et a adapté au cinéma deux de ses œuvres, dont *Oscar et la Dame rose*.

OSCAR ET LA DAME ROSE

UN RÉCIT PLEIN D'ÉMOTION

- **Genre :** roman
- **Édition de référence :** *Oscar et la Dame rose*, Paris, Magnard, coll. « Classiques & Contemporains », 2002, 115 p.
- **1ʳᵉ édition :** 2002
- **Thématiques :** maladie, religion, hôpital, enfance, vie, mort

Oscar et la Dame rose, publié en 2002, fait partie du Cycle de l'invisible, une série de romans dans lesquels l'écrivain met en scène des enfants confrontés aux différentes croyances. À travers des conversations entre un personnage plus âgé et un enfant, Schmitt montre comment la spiritualité peut aider quelqu'un à vivre pleinement.

Ce roman nous présente Oscar, un jeune garçon atteint probablement d'une leucémie, à travers les lettres qu'il adresse à Dieu. Il a commencé à les écrire sur les conseils de Mamie-Rose, une vieille femme chargée de réconforter les enfants malades avec laquelle il se noue d'amitié. En plus de traiter de la spiritualité, Schmitt aborde avec brio le sujet difficile des enfants hospitalisés sans tomber dans le mélodramatique.

RÉSUMÉ

UNE ENFANCE À L'HÔPITAL

Oscar est un jeune garçon de 10 ans atteint d'une maladie grave qui le contraint à rester à l'hôpital. C'est là qu'il a rencontré Mamie-Rose, une ancienne catcheuse que l'on surnommait l'Étrangleuse du Languedoc. Le jeune garçon vient d'être opéré, mais, depuis, il a l'impression que tout le monde autour de lui lui cache quelque chose sauf Mamie-Rose. Elle est la seule à être honnête et à lui avoir fait comprendre que sa greffe de moelle osseuse n'avait pas réussi. Remarquant qu'il souffre de solitude, elle lui suggère d'écrire des lettres à Dieu pour se sentir moins seul et pour tout raconter sans retenue à quelqu'un. Elle lui propose également de faire un vœu par jour. Le premier souhait d'Oscar est d'avoir une réponse à la question suivante : « Vais-je guérir ? »

Malheureusement, la réponse n'est pas positive. Il s'en rend compte parce que ses parents, qui ne viennent habituellement lui rendre visite que le dimanche, sont à l'hôpital à un autre moment de la semaine. En écoutant aux portes, Oscar entend le Dr Düsseldorf leur annoncer qu'il n'y a plus rien à faire. Les parents, effondrés, partent sans oser voir leur enfant qui, sans le faire exprès, s'enferme dans un placard à balais. Quand on le retrouve, il ne veut plus parler qu'à Mamie-Rose. Il lui raconte ce qu'il a vu, et elle lui conseille à nouveau d'écrire à Dieu. Elle propose également à Oscar de vivre chaque jour comme s'il valait dix ans, pour avoir quand même vécu une vie entière. En cette fin de journée,

Oscar a donc dix ans. Le lendemain, ses parents lui rendent visite et lui offrent un chouette cadeau : il s'agit du CD de *Casse-Noisette* (ballet de Tchaïkovski, compositeur russe, 1840-1893). Ils ne lui avouent pas qu'ils sont venus la veille, alors il se tait et se plonge dans la musique. Il est un peu surpris quand, au moment de se dire au revoir, sa mère tombe dans ses bras, mais il ne s'en émeut pas.

Il atteint ensuite la période de l'adolescence et tombe amoureux de Peggy Blue (appelée de la sorte à cause de sa peau bleue ; elle a une maladie qui empêche le sang d'atteindre les poumons, qui ne sont donc pas oxygénés, ce qui provoque une coloration bleutée de la peau). Mamie-Rose le pousse à dire à Peggy qu'il la protègera des fantômes durant la nuit. Toutefois, Pop Corn (surnommé ainsi en raison de son obésité) affirme que Peggy veut que ce soit lui qui la protège. Alors qu'Oscar repart bredouille, il croise Sandrine, surnommée la Chinoise (parce qu'elle est leucémique et a une perruque noire et lisse). Celle-ci l'embrasse, mais il trouve cela dégoutant. Plus tard, Mamie-Rose le renvoie auprès de Peggy pour qu'il lui avoue ses sentiments. En vérité, Peggy veut que ce soit lui, et non Pop Corn, qui la protège des fantômes. Oscar souhaite se marier avec Peggy : c'est son vœu du jour.

L'ÂGE ADULTE

La nuit, Oscar entend des cris et se précipite au secours de sa bienaimée. Mais il se rend compte que les hurlements viennent de la chambre de Bacon, une jeune garçon gravement brulé, qui souffre malgré les crèmes et les greffes. De son côté, Peggy pensait aussi que c'était Oscar qui criait. Ils se rencontrent donc et elle lui demande de passer la nuit avec elle, ce qu'il accepte. Au cours de celle-ci, les deux enfants se marient. Le lendemain, les infirmières ne sont pas très contentes de les retrouver ensemble, mais Mamie-Rose calme le jeu.

Quelques jours plus tard, Peggy doit être opérée, et Oscar fait le vœu que, quel que soit le résultat de l'opération, elle le prenne bien. Oscar est anxieux et s'énerve sur leurs maladies, à eux, les enfants. Mamie-Rose lui répond que ceux qui sont en bonne santé ont aussi des problèmes, des coups de blues, des moments difficiles, etc. Oscar lui demande alors de l'adopter, comme il l'a déjà fait avec son vieil ours en peluche le jour où ses parents lui en ont offert un nouveau.

L'opération de Peggy s'est bien passée. Ses parents disent à Oscar qu'ils comptent sur lui pour la protéger.

Le lendemain, Mamie-Rose emmène Oscar dans la chapelle de l'hôpital. Il est surpris en voyant la statue du Christ avec sa couronne d'épines et les clous enfoncés dans ses membres. Révolté, il affirme que s'il avait été Dieu, il aurait évité de souffrir. Mamie-Rose lui explique qu'il existe deux sortes de souffrance : la première, physique, celle que l'on subit ; la seconde, morale, celle que l'on choisit.

Peu à peu, la crise de la quarantaine se fait sentir, et les soucis arrivent avec elle. Pop Corn a raconté à Peggy qu'Oscar avait embrassé la Chinoise. Même si cela s'est produit avant qu'ils ne se mettent ensemble, la jeune fille est triste et met fin à leur relation. Oscar, sous le choc, laisse Brigitte la trisomique l'embrasser partout. Mamie-Rose lui conseille, pour effacer ses bêtises, d'avouer à Peggy ce qu'il ressent. C'est ce qu'il fait le lendemain matin : Oscar affirme à la jeune fille qu'il n'aime qu'elle, et celle-ci lui pardonne ses écarts.

Le jour de Noël, pour éviter de passer une mauvaise journée avec ses parents, il organise sa fugue : ses amis l'ont porté jusque dans le coffre de la voiture de Mamie-Rose pour qu'il soit avec elle. Plus tard, cette dernière le retrouve sur le pas de sa porte, étonnée. Elle lui explique que ses parents ont très peur à cause de sa disparition. Oscar lui rétorque qu'il a l'impression d'être un monstre à leurs yeux. Mamie-Rose lui fait comprendre qu'ils ont peur de la maladie et non de lui, qu'eux aussi vont mourir un jour et qu'ils seront rongés par le remords de ne pas s'être réconciliés avec leur fils. Oscar accepte finalement que ses parents viennent passer Noël avec lui chez Mamie-Rose. Ils regardent ensemble un match de catch et passent un joyeux Noël.

LA VIEILLESSE

Oscar est fatigué, il a plus de 60 ans. Il a passé la journée à écouter *Casse-Noisette* et voudrait bien que Dieu lui rende encore visite.

Vers 80 ans sonne l'heure des réflexions. Pour commencer la journée, Oscar donne vie à sa plante du Sahara, cadeau de Noël de Mamie-Rose : toute son existence se déroule sur un seul jour.

Avec Peggy, il a lu le *Dictionnaire médical* et a été surpris de ne rien trouver pour les mots « vie », « mort », « foi » et

« dieu », alors que pour lui, c'est ce qu'il y a de plus important. Mamie-Rose lui explique qu'ils n'y sont pas parce qu'ils n'ont pas d'explication fixe et définitive.

À la fin de la journée, le Dr Düsseldorf passe dans sa chambre avec un air abattu. Oscar lui dit qu'il ne doit pas se sentir coupable d'annoncer de mauvaises nouvelles aux gens, que ce n'est pas de sa faute, ce qui revigore le médecin.

Peu de temps après, Peggy doit rentrer chez elle. Oscar est triste et le reproche à Dieu. Ce dernier passe lui rendre visite. Le jeune garçon l'aperçoit dans le soleil qui se lève : Dieu lui a fait comprendre qu'il doit tout regarder comme s'il voyait les choses pour la première fois, que le bonheur résidait dans cette simple phrase. Son souhait de la journée est que ses parents et Peggy puissent ressentir la même chose.

Oscar a 100 ans et devient philosophe. Il explique à Dieu que la vie est un cadeau. D'abord, on la croit inusable, puis on la trouve trop friable et, enfin, on se rend compte qu'elle n'était qu'un prêt, qu'il faudra la rendre et montrer qu'on l'a méritée. Malheureusement, Oscar est de plus en plus fatigué. C'est sa dernière lettre.

La suivante est signée par Mamie-Rose qui annonce à Dieu le décès d'Oscar. Elle est très triste, et lui parle de tout ce que le jeune garçon lui a permis de vivre et de ressentir. Dans un postscriptum, elle confie que ces derniers jours, Oscar avait mis un écriteau sur sa porte sur lequel était écrit : « Seul Dieu a le droit de me réveiller. » (p. 81)

ÉTUDE DES PERSONNAGES

OSCAR

Oscar est un jeune garçon âgé de 10 ans qui souffre d'une maladie grave. Malgré les traitements qu'il reçoit, sa santé ne s'améliore pas, et il apprend bientôt qu'il ne lui reste que quelques jours à vivre. Même si ses parents, qui viennent le voir une fois par semaine, évitent d'évoquer la situation devant lui, et qu'il trouve un environnement social stimulant dans la présence des autres enfants du service, il comprend progressivement la gravité de sa maladie et doit apprendre à l'accepter.

Il est aidé en cela par la présence rassurante de Mamie-Rose, une visiteuse qui lui propose de vivre ses derniers jours comme si chacun valait dix ans. Peu à peu, le jeune garçon se prend au jeu : il tombe amoureux, connait son premier chagrin d'amour avant de se réconcilier avec l'élue de son cœur, réfléchit sur le sens de la vie et de la mort, etc. La vieille dame lui apprend également à accepter son destin en le mettant en contact avec la spiritualité chrétienne, ce qui lui permet de mieux gérer sa souffrance et celle de son entourage. Alors que la colère grondait en lui, il finit par s'en défaire, de même que de sa culpabilité à ne pas pouvoir guérir. Il passe ainsi par les différentes étapes du deuil et parvient à accepter sa mort prochaine, ou plutôt à l'appréhender de la manière la plus sereine possible pour ses parents et lui-même. Au fils des pages, le lecteur voit donc le jeune garçon évoluer : s'il était à l'origine un enfant naïf, il acquiert une maturité et une sérénité rares pour son âge.

MAMIE-ROSE

Vieille femme visiteuse d'hôpital, Mamie-Rose se présente à Oscar comme une ex-catcheuse pour justifier son vocabulaire parfois peu relevé. Elle est très honnête et n'hésite pas à dire ce qu'elle pense, que ce soit aux infirmières pour les sermonner ou à Oscar quand elle lui parle de Dieu. Elle s'invente des tournois de catch et des adversaires pour expliquer à ce petit garçon comment elle conçoit la vie. Le but de Mamie-Rose est de faire accepter la mort à Oscar et de faire en sorte qu'il la supporte de la manière la plus douce possible. Comme elle est plus âgée et a plus d'expérience, elle parait plus crédible aux yeux d'Oscar. Pour le convaincre, elle utilise à la fois des procédés didactiques et ce qu'on appelle la dialectique, qui est une méthode de raisonnement qui fonctionne par questions/réponses.

LA DIALECTIQUE

La dialectique était utilisée dans l'Antiquité par Socrate (philosophe grec, 470-399 av. J.-C.) dans les dialogues écrits par son disciple Platon (philosophe grec, 427-348/347 av. J.-C.), qui le mettent en scène. Elle est liée à la maïeutique, qui signifie étymologiquement « l'art d'accoucher », une méthode au moyen de laquelle Socrate permet à son interlocuteur « d'accoucher » de la connaissance vraie qu'il porte en lui. Notre philosophe y parvient avec un jeu d'interrogations simples grâce auquel son interlocuteur se rend compte des contradictions internes présentes dans ses idées.

LES PARENTS D'OSCAR

Oscar perçoit ses parents comme lâches parce qu'ils n'arrivent pas à affronter sa maladie. Il a l'impression qu'ils le considèrent comme un monstre depuis sa greffe ratée de moelle osseuse. Ils lui semblent inaptes aux relations humaines. Mais ils sont en réalité simplement perdus ; ils ne savent pas comment s'y prendre, comment expliquer à leur fils de 10 ans qu'il ne lui reste plus que quelques jours à vivre.

Les choses se débloquent à Noël, quand ils comprennent qu'Oscar est conscient de la mort et a apprivoisé l'idée qu'il allait bientôt partir. Dès lors, ils redeviennent les parents agréables qu'ils étaient avant que leur enfant ne tombe malade.

LES ENFANTS HOSPITALISÉS

Les enfants hospitalisés ne sont pas vraiment différents des autres enfants, même s'ils ont tendance à grandir plus vite que les autres, car ils sont confrontés à des réalités qu'habituellement on évite de présenter aux enfants.

Dans *Oscar et la Dame rose*, ils ont tous une particularité et un surnom plein d'humour qu'ils s'attribuent entre eux : Pop Corn pèse 98 kg à 9 ans ; Einstein a un crâne hors norme rempli d'eau ; Bacon est un grand brulé, et Peggy Blue (dont le nom renvoie à Peggy Sue) a la peau bleutée, car son sang n'est pas bien oxygéné.

DIEU

Dans *Oscar et la Dame rose*, Dieu est présenté davantage comme un confident pour Oscar, que comme une force toute-puissante. De fait, Oscar ne guérira pas, Dieu ne le sauvera pas. Mamie-Rose montre que le Dieu catholique est un Dieu qui souffre et est donc proche des gens.

Elle n'oblige absolument pas Oscar à croire, mais elle lui présente ce en quoi elle a foi. D'ailleurs, au début du récit, celui-ci se présente comme agnostique, c'est-à-dire qu'il doute de l'existence de Dieu (même si ce point de vue est un peu paradoxal, car il lui écrit). Oscar a l'impression que Dieu n'est qu'une autre invention des adultes, comme le père Noël. Au fur et à mesure que l'histoire avance, il se sent toutefois de plus en plus proche de lui et finit même par le considérer comme un ami qui lui révèle de temps en temps qu'il faut profiter de ce que l'on a et qui lui transmet quelques vérités.

CLÉS DE LECTURE

LE CYCLE DE L'INVISIBLE ET LA GENÈSE DU ROMAN

Oscar et la Dame rose est le troisième livre du Cycle de l'invisible, une série de livres dédiés à la religion et comprenant également *Milarepa* (1997), *Monsieur Ibrahim et les Fleurs du Coran* (2001), *L'Enfant de Noé* (2004), *Le Sumo qui ne pouvait pas grossir* (2009) et *Les Dix Enfants que Madame Ming n'a jamais eus* (2012). Chacun d'eux évoque une religion en particulier et illustre la manière dont elle prend de l'importance dans la réalisation du destin des personnages. Ces derniers sont en effet amenés à réfléchir sur leur vie et l'orientation à lui donner en prenant en compte la religion qu'ils (re) découvrent.

Oscar et la Dame rose possède toutefois une particularité, car le roman lui a été inspiré par sa propre expérience. Alors qu'il était enfant, l'auteur a en effet beaucoup fréquenté les hôpitaux, tantôt en accompagnant son père kinésithérapeute, tantôt comme patient, tantôt au chevet de proches malades. Tout comme Oscar, il a côtoyé la souffrance et la mort et a pu constater l'impact qu'elles avaient sur les malades et leurs proches.

Mais le véritable déclic est dû à une maladie grave que l'auteur a lui-même affrontée et dont il est sorti vivant. Il a réalisé à cette occasion une chose importante : qu'accepter la souffrance et la mort était aussi crucial que la volonté de guérir. Oscar est donc devenu à la fois sa création et son modèle : cet enfant, grâce à l'aide de Mamie-Rose, des enfants et de la spiritualité, distingue l'essentiel de l'accessoire et apprivoise sa souffrance comme lui-même aimerait le faire s'il se retrouvait dans la même situation.

LA MALADIE ET LA MORT

La relation des enfants avec la maladie

La maladie d'Oscar l'oblige à vivre dans un hôpital. Éric-Emmanuel Schmitt nous présente ce thème de façon douce et simple, mais cela n'empêche pas le lecteur de prendre conscience de la chance qu'ont les enfants en bonne santé : ils ne doivent pas combattre les fantômes – jolie métaphore représentant la douleur – et peuvent profiter de leur vie de famille.

La relation qu'entretiennent les enfants hospitalisés avec la mort les fait murir plus vite. Ils ont tout aussi peur d'elle que les autres, mais, comme ils vivent avec elle au quotidien, ils finissent par l'apprivoiser.

Qui dit maladie et mort dit également souffrance. Oscar aborde très peu ses maux dans ses lettres. Tout au plus parle-t-il du fait qu'il se sent très fatigué et qu'il dort beaucoup. Pourtant, la souffrance est bien réelle et il faut également vivre avec. Lorsqu'elle se rend avec Oscar dans la chapelle de l'hôpital, Mamie-Rose lui explique la distinction qu'elle fait entre la souffrance physique, qu'on subit, et la souffrance morale, qu'on choisit. L'auteur affirme par là que si l'on passe au-dessus des difficultés et que l'on fait le choix du bonheur, on n'aura pas à affronter de souffrance morale.

La relation des parents avec la maladie de leur enfant

Les parents d'Oscar éprouvent beaucoup de difficultés à évoquer la maladie de leur enfant avec lui. Cette situation est particulièrement difficile à vivre pour Oscar qui a l'impression de devoir porter sa maladie seul. En outre, lorsqu'ils apprennent que le traitement ne fonctionne pas et que leur enfant ne vivra plus que quelques jours, ils refusent de le lui annoncer et, n'ayant pas le courage de l'affronter, rentrent directement chez eux. Cela crée un profond malaise dans leur relation, Oscar refusant désormais les gestes d'affection maladroits de ses parents et les considérant comme « lâches » (p. 27).

Ceux-ci traversent en réalité des étapes analogues à celles du deuil. Ils refusent tout d'abord d'admettre qu'un jeune enfant, à fortiori le leur, puisse être malade. Mais face à l'inéluctable vérité, ils ne peuvent qu'apprivoiser la mort qui se rapproche. Leur souffrance est tout aussi réelle que celle de l'enfant parce qu'elle consiste en l'anticipation de la perte d'un être cher et de la souffrance encore plus grande qui en résultera. Toutefois, le lecteur n'a pas directement accès aux sentiments éprouvés par les parents d'Oscar. Il ne découvre leur réaction qu'au travers des pensées du jeune garçon et la manière dont celui-ci les perçoit. C'est donc avant tout leur silence qui est mis en avant.

La situation s'améliore le jour de Noël, lorsqu'ils retrouvent leur fils chez Mamie-Rose et qu'ils réalisent qu'Oscar sait ce qui l'attend. Ils peuvent ainsi l'accompagner dans son épreuve, apaisant également par là leur propre souffrance.

UN STYLE ORAL ET THÉÂTRAL

Dans son roman, l'auteur use d'un langage familier, ce qui parait logique puisque l'œuvre est composée de lettres écrites par un garçon de 10 ans. Oscar tutoie ainsi Dieu et utilise des tournures et des expressions orales : « Faut vraiment que je sois obligé » (p. 11), omettant donc le pronom impersonnel ; « On m'a déjà fait le coup » (p. 11), etc. On y trouve également beaucoup de mises en évidence (« C'est … que/qui »), mais aussi d'abréviations (« toubibs », « chimio », etc.).

Ce registre familier donne au récit une certaine vraisemblance et crée un effet comique que l'on perçoit nettement dans le choix des surnoms des enfants malades (Pop Corn, Bacon).

Le roman possède en outre certains éléments que l'on retrouve dans les pièces de théâtre :

- le découpage en lettres évoque le découpage en scènes et en actes. De plus, comme les scènes des pièces de théâtre, les missives débutent et se terminent par l'entrée ou la sortie d'un personnage. Par exemple, la deuxième lettre s'ouvre sur l'arrivée de Pop Corn, et la douzième se clôt sur le salut d'Oscar ;
- il y a des rebondissements dans l'histoire, de même que des effets dramatiques et des coups de théâtre, notamment avec la fuite totalement inattendue d'Oscar chez Mamie-Rose le jour de Noël ou la visite de Dieu à la fin du récit ;

- les dialogues sont nombreux et construits sous forme de stichomythies (enchainement de répliques courtes) suivies de tirades, c'est-à-dire de longues répliques permettant, au théâtre, de développer le caractère d'un des personnages ;
- le récit respecte plus ou moins la règle des trois unités propre au théâtre classique :
  - le roman se déroule en 12 jours, espace temporel court, même s'il est plus conséquent que l'unité de temps classique (au XVIIe siècle, l'action des pièces de théâtre devait se dérouler sur 24 heures) ;
  - les derniers jours de la vie d'Oscar représentent l'action principale, une action unique comme le voulait l'unité d'action ;
  - l'essentiel de l'histoire se passe dans l'hôpital, un endroit clôt comme le voulait l'unité de lieu.

LA PHILOSOPHIE ÉPICURIENNE

Ce roman peut aussi être considéré comme un conte philosophique : le personnage principal traverse toutes sortes d'épreuves qui le font grandir et amènent des questionnements philosophiques. De plus, l'histoire se clôt sur une morale : chaque jour doit être vécu intensément, comme si c'était le dernier.

On peut relier cette morale à la philosophie épicurienne qui invite chacun à profiter du moment présent. Oscar considère d'ailleurs que c'est le « secret de Dieu pour être infatigable et heureux » (p. 76). Ainsi, le roman peut être perçu comme une ode au *Carpe diem* (citation latine qui signifie « Cueille le jour », c'est-à-dire « profite de l'instant présent ») par le jeu que Mamie-Rose propose à Oscar qui consiste à considérer qu'une journée vaut dix ans : elle le pousse de la sorte à profiter de ses journées plutôt que de se lamenter sur le fait qu'il ne lui en reste plus beaucoup.

En outre, la philosophie épicurienne ne craint pas la mort, car celle-ci n'est que la dislocation des atomes formant notre corps, ce qui correspond à notre état avant la naissance. Il n'y a donc aucune souffrance dans la mort. Mamie-Rose transmet cette idée à Oscar en lui expliquant qu'il ne faut pas qu'il ait peur de l'inconnu.

ÉPICURE

Épicure est un philosophe grec du IVe siècle av. J.-C. Il a rédigé de nombreux traités qui ne nous sont malheureusement pas parvenus. Nous connaissons sa doctrine, l'épicurisme, grâce à Lucrèce (poète et philosophe latin, vers 98-55 av. J.-C.), qui la développe dans son *De Natura Rerum*.

On caricature souvent l'épicurisme en le présentant comme la recherche du plaisir sans limites, or la philosophie d'Épicure a comme but premier l'ataraxie, c'est-à-dire l'absence de trouble : il s'agit d'éviter la souffrance en se contentant de plaisirs compatibles avec un état de bienêtre, sans exagération. L'épicurisme, c'est donc la recherche d'un plaisir qu'on peut trouver dans notre vie de tous les jours et qui ne provoque pas de douleur. D'où l'idée de profiter chaque jour pleinement de ce qui nous est offert.

DU LIVRE AU CINÉMA

Éric-Emmanuel Schmitt a adapté son œuvre à deux reprises :
une première fois pour le théâtre en 2003, et une seconde
pour le cinéma en 2009. Il a, pour cette dernière occasion,
procédé à des modifications majeures.

Le film est globalement construit de manière très diffé-
rente. Mamie-Rose, incarnée par Michèle Laroque (co-
médienne française, née en 1960), est bien plus jeune que
dans le livre et s'appelle Rose. Elle est devenue vendeuse
de pizzas – même si elle garde son passé de catcheuse – et
n'a, initialement, pas de réelle volonté d'aider les enfants
malades. Ce qu'elle souhaite avant tout, c'est faire fructifier
sa nouvelle entreprise. Elle s'attache toutefois à Oscar et
passe un accord avec le Dr Dusseldorf : en échange de temps
passé avec le jeune garçon, l'hôpital lui achètera des pizzas.
Au fil des jours, elle se prend de plus en plus d'affection
pour Oscar et l'aide à accepter sa maladie. Si, comme dans
le roman, elle lui propose d'écrire des lettres, celles-ci ne
structurent plus l'intrigue du film ; il ne s'agit guère plus que
d'un élément parmi tant d'autres dans le film. Le spectateur
découvre l'évolution du personnage quant à l'acceptation de
sa maladie au travers de séquences relatant la vie d'Oscar
d'un point de vue externe.

Malgré les importantes différences dans la forme, le livre et
le film gardent donc une certaine cohérence et une complé-

mentarité sur le fond.

PISTES DE RÉFLEXION

QUELQUES QUESTIONS POUR APPROFONDIR SA RÉFLEXION...

- Malgré la gravité du sujet traité dans l'œuvre, l'auteur utilise plusieurs procédés pour introduire un peu de légèreté dans l'intrigue. Quels sont-ils ? Illustrez votre réponse.
- Bien qu'Oscar et Mamie-Rose s'expriment par lettres, peut-on également repérer des marques d'un autre style ? Répondez à l'aide d'exemples issus du roman.
- L'auteur évoque une souffrance bien particulière, celle des enfants face à la maladie. Quelle relation Oscar a-t-il avec la sienne ?
- En quoi peut-on affirmer que la mort n'est pas présentée de manière négative ? Quelle philosophie permet à l'auteur de développer cette idée et comment le fait-il ?
- Pourquoi le lien avec Mamie-Rose est-il si important pour le jeune héros ?
- Oscar n'a que 10 ans, mais il vit toute une vie. Quelles sont les étapes les plus marquantes de son parcours ?
- La spiritualité est une composante essentielle de l'œuvre. Comment permet-elle à Oscar de faire face à son destin ?
- Quels sont les autres enfants hospitalisés avec Oscar ? De quelle façon lui permettent-ils de structurer sa vie à l'hôpital ?
- Oscar a une manière de s'exprimer bien à lui. Quelles marques langagières sont caractéristiques du personnage ? Illustrez votre réponse à l'aide d'exemples issus du roman.
- Le film produit en 2009 respecte-t-il à la lettre le roman ?

Pour quelle(s) raison(s) selon vous ?

POUR ALLER PLUS LOIN

ÉDITION DE RÉFÉRENCE

- Schmitt É.-E., *Oscar et la Dame rose*, Paris, Magnard, coll. « Classiques & Contemporains », 2002.

ÉTUDES DE RÉFÉRENCE

- « *Oscar et la Dame rose* », in *Eric-Emmanuel-Schmitt. com*, consulté le 29 août 2016, http://www.eric-emmanuel-schmitt.com/Audiovisuel-cinema-oscar-et-la-dame-rose.html
- « Oscar et la dame rose », in *Eric-Emmanuel-Schmitt. com*, consulté le 29 aout 2016, http://www.eric-emmanuel-schmitt.com/Litterature-recits-oscar-et-la-dame-rose.html

ADAPTATIONS

- *Oscar et la Dame rose*, pièce de théâtre mise en scène par Christophe Lidon, comédie des Champs-Élysées, 2003.
- *Oscar et la Dame rose*, film d'Éric-Emmanuel Schmitt avec Michèle Laroque, 2009.

SUR LEPETITLITTÉRAIRE.FR

- Fiche de lecture sur *La Femme au miroir* d'Éric-Emmanuel Schmitt
- Fiche de lecture sur *La Part de l'autre* d'Éric-Emmanuel Schmitt

- Fiche de lecture sur *Monsieur Ibrahim et les Fleurs du Coran* d'Éric-Emmanuel Schmitt
- Fiche de lecture sur *Odette Toulemonde* d'Éric-Emmanuel Schmitt
- Fiche de lecture sur *La Nuit de feu* d'Éric-Emmanuel Schmitt
- Questionnaire de lecture sur *Odette Toulemonde*

www.lepetitlitteraire.fr

ISBN version numérique : 978-2-8062-8326-9
ISBN version papier : 978-2-8062-8327-6
Dépôt légal : D/2016/12603/314

Avec la collaboration de Lucile Lhoste pour les chapitres suivants : l'analyse d'Oscar, « Le Cycle de l'invisible et la genèse du roman », « La relation des parents avec la maladie de leur enfant » et « Du livre au cinéma ».

Conception numérique : Primento,
le partenaire numérique des éditeurs.

Ce titre a été réalisé avec le soutien de la Fédération Wallonie-Bruxelles, Service général des Lettres et du Livre.

Retrouvez notre offre complète sur lePetitLittéraire.fr

- des fiches de lectures
- des commentaires littéraires
- des questionnaires de lecture
- des résumés

ANOUILH
- Antigone

AUSTEN
- Orgueil et Préjugés

BALZAC
- Eugénie Grandet
- Le Père Goriot
- Illusions perdues

BARJAVEL
- La Nuit des temps

BEAUMARCHAIS
- Le Mariage de Figaro

BECKETT
- En attendant Godot

BRETON
- Nadja

CAMUS
- La Peste
- Les Justes
- L'Étranger

CARRÈRE
- Limonov

CÉLINE
- Voyage au bout de la nuit

CERVANTÈS
- Don Quichotte de la Manche

CHATEAUBRIAND
- Mémoires d'outre-tombe

CHODERLOS DE LACLOS
- Les Liaisons dangereuses

CHRÉTIEN DE TROYES
- Yvain ou le Chevalier au lion

CHRISTIE
- Dix Petits Nègres

CLAUDEL
- La Petite Fille de Monsieur Linh
- Le Rapport de Brodeck

COELHO
- L'Alchimiste

CONAN DOYLE
- Le Chien des Baskerville

DAI SIJIE
- Balzac et la Petite Tailleuse chinoise

DE GAULLE
- Mémoires de guerre III. Le Salut. 1944-1946

DE VIGAN
- No et moi

DICKER
- La Vérité sur l'affaire Harry Quebert

DIDEROT
- Supplément au Voyage de Bougainville

DUMAS
- Les Trois
  Mousquetaires

ÉNARD
- Parlez-leur
  de batailles,
  de rois et
  d'éléphants

FERRARI
- Le Sermon sur la
  chute de Rome

FLAUBERT
- Madame Bovary

FRANK
- Journal
  d'Anne Frank

FRED VARGAS
- Pars vite et
  reviens tard

GARY
- La Vie devant soi

GAUDÉ
- La Mort du
  roi Tsongor
- Le Soleil des
  Scorta

GAUTIER
- La Morte
  amoureuse
- Le Capitaine
  Fracasse

GAVALDA
- 35 kilos d'espoir

GIDE
- Les
  Faux-Monnayeurs

GIONO
- Le Grand
  Troupeau
- Le Hussard
  sur le toit

GIRAUDOUX
- La guerre de
  Troie
  n'aura pas lieu

GOLDING
- Sa Majesté des
  Mouches

GRIMBERT
- Un secret

HEMINGWAY
- Le Vieil Homme
  et la Mer

HESSEL
- Indignez-vous !

HOMÈRE
- L'Odyssée

HUGO
- Le Dernier Jour
  d'un condamné
- Les Misérables
- Notre-Dame
  de Paris

HUXLEY
- Le Meilleur
  des mondes

IONESCO
- Rhinocéros
- La Cantatrice
  chauve

JARY
- Ubu roi

JENNI
- L'Art français
  de la guerre

JOFFO
- Un sac de billes

KAFKA
- La Métamorphose

KEROUAC
- Sur la route

KESSEL
- Le Lion

LARSSON
- Millenium 1. Les
  hommes qui
  n'aimaient pas
  les femmes

LE CLÉZIO
- Mondo

LEVI
- Si c'est un
  homme

LEVY
- Et si c'était vrai…

MAALOUF
- Léon l'Africain

MALRAUX
- La Condition humaine

MARIVAUX
- La Double Inconstance
- Le Jeu de l'amour et du hasard

MARTINEZ
- Du domaine des murmures

MAUPASSANT
- Boule de suif
- Le Horla
- Une vie

MAURIAC
- Le Nœud de vipères

MAURIAC
- Le Sagouin

MÉRIMÉE
- Tamango
- Colomba

MERLE
- La mort est mon métier

MOLIÈRE
- Le Misanthrope
- L'Avare
- Le Bourgeois gentilhomme

MONTAIGNE
- Essais

MORPURGO
- Le Roi Arthur

MUSSET
- Lorenzaccio

MUSSO
- Que serais-je sans toi ?

NOTHOMB
- Stupeur et Tremblements

ORWELL
- La Ferme des animaux
- 1984

PAGNOL
- La Gloire de mon père

PANCOL
- Les Yeux jaunes des crocodiles

PASCAL
- Pensées

PENNAC
- Au bonheur des ogres

POE
- La Chute de la maison Usher

PROUST
- Du côté de chez Swann

QUENEAU
- Zazie dans le métro

QUIGNARD
- Tous les matins du monde

RABELAIS
- Gargantua

RACINE
- Andromaque
- Britannicus
- Phèdre

ROUSSEAU
- Confessions

ROSTAND
- Cyrano de Bergerac

ROWLING
- Harry Potter à l'école des sorciers

SAINT-EXUPÉRY
- Le Petit Prince
- Vol de nuit

SARTRE
- Huis clos
- La Nausée
- Les Mouches

SCHLINK
- Le Liseur

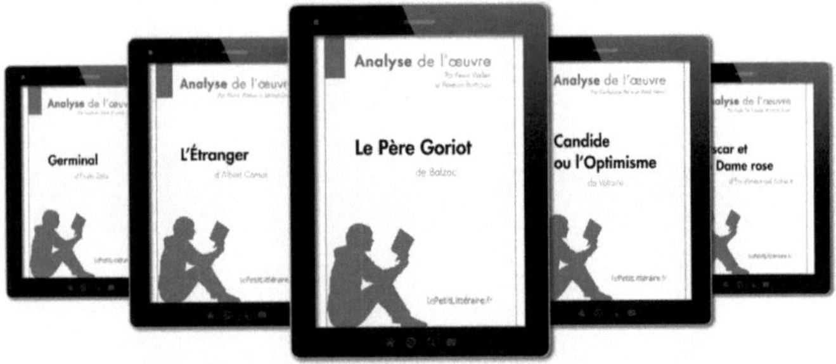

Analyse de l'œuvre
Germinal
d'Émile Zola
Analyse de l'œuvre
L'Étranger
d'Albert Camus
Analyse de l'œuvre
Le Père Goriot
de Balzac
Analyse de l'œuvre
Candide ou l'Optimisme
de Voltaire
Oscar et la Dame rose